Neuschnee

Titel der Originalausgabe:
Önska bort, önska nytt
First published by Gilla Böcker

www.mixtvision-verlag.de

Übersetzung: Cordula Setsman
Covergestaltung und Satz: Sandra Knopke & Saskia Klemm, Berlin
Druck und Bindung: GGP Media GmbH, Pößneck

MIX
Papier aus verantwortungsvollen Quellen
FSC® C014496

Unterrichtsmaterial erhältlich

ISBN 978-3-95854-067-5

INGRID OLSSON

Neuschnee

ERZÄHLUNGEN

Aus dem Schwedischen
von Cordula Setsman

MIXTVISION
Weiter. Erzählen.

MAMA

Sie kneift sich in den Arm. Das spürt sie, wenn auch kaum.
Die Nadel im Arm hat sie auch fast nicht gespürt.
Sie fährt mit den Fingern über das Pflaster. Es juckt unter dem Klebestreifen. Sie hat sogar zugesehen, wie ihr Blut in dem Röhrchen hochstieg.
Rot wie der Weihnachtsstern auf der Fensterbank hinter der Sprechstundenhilfe.

Sie legt die Hand auf den Bauch. Man spürt gar nichts. Was man nicht spürt, ist auch nicht da, denkt sie und schließt die Augen.

Der Arzt hat sie über seinen Schreibtisch hinweg
angesehen. Geradewegs in die Augen.
»Es ist kein komplizierter Eingriff«, meinte er,
»aber viele haben hinterher Schmerzen und Blutungen.
Deswegen wäre es gut, wenn dich jemand begleiten
würde.«
Sie senkte verschämt den Blick. Rot wie verunsicherte
Wangen, dachte sie.
»Mama«, flüsterte sie ihren gefalteten Händen
im Schoß zu.

Mama, denkt sie noch einmal. Mama, die ihr kleines Mädchen lieb hat. Sie, die mittlerweile groß geworden, aber immer noch Mamas kleines Mädchen ist.
Sie öffnet die Augen. Das Wartezimmer ist voll von Müttern. Anderen Müttern, anderer Leute Mütter. Kleine Mädchen, die groß geworden sind.

Auf dem Sofa genau gegenüber sitzt eine junge Frau. Sie blättert mit einer Hand in einer Zeitschrift. Die andere liegt auf ihrem Bauch. Der steht hervor wie ein Medizinball.
Die junge Frau gegenüber schaut von ihrer Zeitschrift auf und lächelt sie an.
Sie schaut weg. Schaut hinab auf ihren Bauch, der nicht wie ein Ball hervorsteht. Dinge, die man nicht sehen kann, gibt es auch nicht, denkt sie.

Sie legt ihre Hand noch einmal auf ihren Bauch. Den Bauch, der nicht hervorsteht und den sie nicht spürt. Sie schließt die Augen und alles wird rot. Rot wie ein kleines Herz, das da drinnen zu schlagen begonnen hat. Eine kleine Pumpe, die Tag für Tag größer wird. Eine kleine Uhr, die mit jeder Sekunde wächst. Tick-tack, tick-tack.

Sie schaut hinüber zum Empfang und zu der Uhr an der Wand. Sie ist fertig und sollte jetzt gehen. Nach Hause gehen und es Mama erzählen. Ihr erzählen, dass sie kein kleines Mädchen mehr ist.
Heute Abend wollen sie das Haus schmücken. Aber ohne Weihnachtsmänner. Weihnachten ist nicht rot. Es ist strohgelb und himmelblau. Und sternefunkelnd im Osten.

Mama wird den Stern anbringen. Papa die drei Weisen aus dem Morgenland aufstellen. Isak wird den Esel und die anderen Tiere dazustellen. Sie wird das Jesuskind in die Krippe legen. Und Maria wird sie im Stroh knien lassen. Die Mutter Maria, die ihre Hände über dem Kind faltet. Maria, die genauso heißt wie sie. Die genau wie sie ist. Ein kleines Mädchen, das plötzlich groß geworden ist.

Genau das wird sie ihrer Mama sagen. Wispern. Dass es einfach passiert ist. Dass es einfach geworden ist.

»Verzeih mir«, wird sie wispern. »Und komm nächste Woche mit, damit ich wieder ein kleines Mädchen werden kann.«

Die junge Frau gegenüber hat die Zeitschrift weggelegt. Mit beiden Händen umfängt sie den Medizinball. Ein Name wird aufgerufen. Sie schaut zu der Stimme hinüber und rappelt sich auf.
Es sieht schwer aus. Viel zu schwer, als dass ein kleines Mädchen es tragen könnte.

Sie fährt mit den Fingern erneut über die Armbeuge.
Ein roter Punkt schimmert durch das Pflaster hindurch.
Ein rotes Mal.
Rot wie der Weihnachtsstern hinter dem Rücken der Sprechstundenhilfe. Rot wie hinterher Blutungen und Schmerzen. Rot wie nach Hause gehen und es Mama sagen.
Rot wie »Verzeih« und »Kein Wort zu Papa«.

Jetzt geht sie. Vorbei am Empfang und dem Sprechzimmer. Die Tür zum Zimmer der Sprechstundenhilfe ist nur angelehnt. Die rote Blume leuchtet im Fenster. Das rote Reagenzglas leuchtet auf der Arbeitsplatte.
Sie eilt daran vorbei. Weg von all dem Rot. Von dem, was man sehen kann. Dem, was man spürt. Weg von all dem, das für ein kleines Mädchen zu schwer zu tragen ist.

DAS HALSTUCH

Er steht auf dem Bahnsteig.
Schaut zu den offenen Türen hinein. Eigentlich sollte er einsteigen, aber er weiß nur noch, wie man steht, kerzengerade und mit einer Plastiktüte in der Hand.
Die Türen schließen sich wieder. Der Zug fährt an, verschwindet im Tunnel.

Er spürt den Henkel der Plastiktüte. Der Tüte, die ihm die Krankenschwester gegeben hat. Gerade eben erst oder schon vor ein paar Stunden? Er schließt die Augen und ist wieder dort.
»Gibt es niemanden, der dich abholen kann?«
Die Schwester legte ihm die Hand auf die Schulter.
Er schüttelte den Kopf.
Seine Finger berührten den Henkel der Plastiktüte.
Da drin ist sie, dachte er. Sie, die mich hätte abholen können, ist da in der Tüte.

Die Krankenschwester wollte wissen, ob sie ihm ein Taxi rufen, ihm etwas zum Schlafen mitgeben sollte.
»Ich kann dir ein Rezept ausstellen«, bot sie an.
Ein Weihnachtsstern hing hinter ihr im Fenster. Sein Licht war nicht angeknipst.
Er schüttelte noch einmal den Kopf, sagte Tschüss und ging. Hinaus auf den Korridor und in Richtung der Aufzüge davon. Da konnte er es noch. Da wusste er noch, wie man einen Fuß nach dem anderen hebt und gleichzeitig das Bein vorwärtsbewegt. Er wusste, wie man den Knopf drückt, der den Aufzug ruft, und den Knopf, der einen wieder hinunter in die Eingangshalle bringt.

Im Fahrstuhl öffnete er die Tüte. Ein Lippenstift, ein Terminkalender, eine Haarbürste, ein Handy, ein Päckchen Kaugummis, eine Armbanduhr, ein Halstuch, ein Feuerzeug, ein Schlüsselbund und eine Halskette in einer kleinen Tüte, die mit einer Heftklammer zugetackert war. Nicht mal ihre Handtasche hatte er mitnehmen wollen.
Die Kleider, hatte die Krankenschwester gesagt, wolle er bestimmt auch nicht mit nach Hause nehmen.
»Die sind ziemlich zerrissen«, hatte sie gemeint.
Er hatte genickt, die Hand in die Tüte gesteckt und das Halstuch berührt.
Das hatte überlebt.

Unten in der Eingangshalle hatte er das Halstuch herausgenommen und seine Nase hineingesteckt. Ganz tief da drinnen in dem roten Stoff war sie noch. Das, was von ihr übrig war.
Da drin in dem kleinen Raum mit den Stearinkerzen, das war jemand anderes, der dort lag. Jemand, der ihr ähnelte. Ihr, die ihn hätte abholen sollen. Die seine Hand hätte nehmen und ihn aus dem hohen, engen Gebäude hätte geleiten sollen, in dem es nach Schmerz roch.

Sie, die immer gekommen war. Ihn abgeholt und gebracht und ihn mit Hausaufgaben und Anschnallen genervt hatte. Die seine Trainingsklamotten gewaschen und Fischstäbchen gebraten hatte. Die Schürfwunden mit Pflastern beklebt und blaue Flecke weggepustet hatte. Die ihn mit gestreckten Armen in die Luft geworfen und ihn immer fest genug gehalten hatte.

Der nächste Zug hält am Bahnsteig. Der Junge öffnet die Augen. Menschen drängen durch die Türen. Menschen, die die unterschiedlichsten Sachen in den Händen halten. Aktenkoffer, Handtaschen und Einkaufstüten. Menschen mit Beinen und Füßen, die wissen, wie man in einen Zug einsteigt.
Er sieht zu, wie sich die Türen wieder schließen. Beobachtet, wie der Zug im Tunnel verschwindet.

Es klingelt. Das ist nicht sein Handy. Und auch nicht das des Mädchens, das ein kleines Stück weiter weg steht.
Das Klingeln hallt über den Bahnsteig.
Er schaut das Mädchen an und das Mädchen sieht ihn an. Er bemerkt, dass das Halstuch des Mädchens dieselbe Farbe hat wie das, das in der Tüte liegt. Das Handy verstummt.

Es fängt noch mal an zu klingeln. Er spürt, wie die Plastiktüte in seiner Hand vibriert. Das Klingeln kommt von da drinnen.

Er kramt das Handy heraus.

»Hallo.«

»Hallo?«, fragt eine Stimme. »Ich wollte Karin sprechen. Sie ist nicht zur Arbeit gekommen. Weißt du vielleicht, wo sie ist?«

Er spürt die Plastiktüte in seiner Hand. Spürt, dass sie schwer wiegt, dass das Halstuch schwerer wiegt als der Schlüsselbund.
In der anderen Hand hält er das Handy. Aber das ist es nicht, was er fühlt. Es ist ihre Hand; wie es sich anfühlte, sie zu halten. Die Hand, die immer kleiner wurde, je größer er wurde. Die Hand, die ihn in den nächsten Zug geleiten könnte.

Er hält ihre Hand, spürt seine Beine, seine Füße auf dem Betonboden. Die Füße, die vielleicht in den Zug einsteigen können, der gerade am Bahnsteig hält.
»Hallo, bist du noch da?«
Er steigt ein.

WINTERFINSTER

Sie schiebt sich den Löffel in den Mund.
Vanilleeis mit Himbeersauce. Beim Bestellen hat sie
um extra viel Sauce gebeten.
Und sie hat noch jede Menge übrig.

Spare in der Zeit, dann hast du in der Not, denkt sie und schaut auf Fias Becher. Der ist leer.
Fia macht sich über so was keine Gedanken. Stattdessen kramt sie ihr Handy hervor und sagt, dass in einer Viertelstunde ein Bus fahre.

Sie leckt an ihrem Löffel. Er schmeckt nach Sommer.
Nach rotem Himbeersommer.
»Müssen wir los? Schon?«
Fia lacht und meint, die Eisdiele schließe ohnehin bald.
Stimmt das?, überlegt sie und sieht sich um. Es sind nur noch sie beide da und der Typ, der hinter dem Tresen die Kasse auszählt.
Mit Fia zusammen gibt es keine Zeit. Nichts, das tickt und einem im Magen herumgeht.

»Keine Sorge«, meint Fia und lacht noch mal. »Dein Eis schaffst du noch.«
Sie schaut in ihren Becher. Eis und Sauce sind zu einer Pampe geworden. Sie rührt mit dem Löffel darin herum. Einmal, zweimal herum in dem rosa Matsch. Bald wird Fia gehen und dann muss sie das auch.

Aber erst muss Fia anrufen. Zu Hause bei ihrem Papa, der sie von der Bushaltestelle abholen soll.
Der Papa, der sie immer abholt, wenn es winterfinster und spät ist.

Sie hört zu, wie Fia mit ihrem Papa spricht. Er und Fias Mama haben bestimmt einen Film angeschaut. Eine Schnulze mit Happy End. Sie haben Tee getrunken, Kerzen aufgestellt und die Sterne in den Fenstern angezündet. Und wenn Fia heimkommt, kann sie auch noch Tee haben, wenn sie will.
»Tschüss! Küsschen!«, ruft Fia, bevor sie auflegt.

Sie zieht ihre Jacke an.

»Wollen wir los?«

»Du musst auch zu Hause anrufen«, sagt Fia. »Ich hab's Papa versprochen. Du darfst in der Dunkelheit nicht allein heimgehen.«

»Ist doch nichts dabei«, gibt sie zurück und geht auf die Tür zu.

»Aber ich hab's Papa versprochen.«

Fia rennt hinter ihr her und hakt sich bei ihr ein.

Sie laufen über den Parkplatz. Rasch erreichen sie die Bushaltestelle. Sie steckt die Hand in die Tasche und spürt das Handy. Die harten Plastikkanten. Plastik, das eigentlich leicht ist, aber so schwer in der Hand liegt.
Fia kichert und knufft ihr in die Seite.
»Ruf schon an, sonst schafft deine Mama es nicht mehr rechtzeitig, dich abzuholen.«

Jetzt ruft sie an. Daheim, in dem Haus, in dem es noch finsterer ist als hier draußen und den ganzen Weg von der Bushaltestelle entlang. In dem Haus, wo nie eine Kerze brennt und kein Stern im Fenster leuchtet.

Es klingelt einmal und noch einmal. Sie schielt verstohlen zu Fia hinüber und weiß, dass sie lauschen wird, während sie mit ihrer Mutter spricht. Der Mutter, die nie Tee trinkt und nie kommt, um sie abzuholen.
Es klingelt wieder und wieder, doch ihre Mama geht nicht ran. Das macht sie nie.
Also tut sie so, als ob sie telefoniere. Das macht sie immer so. Und wenn sie nur die richtigen Worte findet, ist Fia zufrieden.
»Tschüss! Küsschen!«, sagt sie, bevor sie auflegt.

Fia kichert und quasselt die ganze Busfahrt über. Aber sie hört nicht hin. Es tickt in ihrem Magen. Gleich steigt Fia aus und bald muss auch sie raus.
Der Bus bremst und schert in die Haltestelle ein.
»Wie gut, dass du zu Hause angerufen hast«, meint Fia und drückt sie. »Melde dich, wenn du gut zu Hause angekommen bist.«
Ihre Umarmung duftet nach Sommer. Himbeerrotem Sommer.

Fia hüpft aus dem Bus. Es steigt keiner ein. Sie sitzt allein im Bus.
Sie schaut zum Fenster raus. Da steht Fias Papa. Die Straßenlaterne taucht ihn in ihr Licht und er winkt. Fia läuft auf ihn zu und winkt zurück.
Der Bus macht ein zischendes Geräusch und fährt weiter in die Dunkelheit hinein. In die Schwärze dort draußen, die trotzdem noch heller ist als ihr Zuhause. Sie dreht den Kopf, hält Fia mir ihren Blicken fest.

NEUSCHNEE

Er setzt den Stift aufs Papier.

Ich wünsche mir …

Einen Papa, der aufhört zu fragen
Eine Mama, die aufhört anzurufen
Weihnachtsferien, die nie zu Ende gehen

Ein Gehirn, das aufhört zu denken
Ein Herz, das aufhört zu fühlen

Ein Herz, das einfach stehen bleibt

Eine Welt ohne Augen
Ein Klassenzimmer ohne Augen

Eine Welt ohne Geräusche
und ohne Farben

Einen Körper ohne Gefühl
Einen Körper ohne Gehör
Einen Körper ohne Herz

Ein Gehirn, das aufhört, über Dinge nachzudenken, die nie passieren werden

Aber man kann nichts wegwünschen, überlegt er und lässt den Stift fallen.
Nur etwas dazuwünschen, etwas Neues wünschen.
Er dreht das Blatt Papier um und fängt noch mal an.

Ich wünsche mir ...
Einen Papa, der zuhört
Eine Mama, die heimkommt
Weihnachtsferien, die gerade erst begonnen haben

Ein neues Gehirn und ein neues Herz in einem neuen
Körper in einer neuen Schule
Eine Schule ganz in weiß

Eine Welt ganz in weiß
Winterweiß
Und das Einzige, was rot wird, ist die Nase über dem Schal
Eine Welt aus Schnee
Neuschnee,
der einfach nur fällt
und fällt
Weicher Schnee,
der alle Geräusche auffängt
und einen selbst, wenn man fällt
Ein Herz aus Schnee,
das weißes Blut pumpt, das nie rot werden kann oder schwer

Der Junge lässt wieder den Stift fallen. Weißes Blut und ein Herz aus Schnee? Wenn er sich schon was wünscht, dann aber richtig.

Er zerknüllt das Blatt Papier und fängt noch mal an.

Ein neues Gehirn, das über neue Dinge nachdenkt,
Dinge, die tatsächlich passieren können

Neue Füße, die sich in den Korridor trauen,
den schmalen Gang aus Augen
und Mündern,
die Laute von sich geben,
scharf und hart,
aus denen Wörter werden,
die sich ganz tief im Innersten des Körpers
festsetzen und schwer werden

Ein neues Gehirn, das selbstverständlich an Dinge denken darf, die niemals passieren werden

Ein neues Herz, das zu wünschen wagt
und zu hoffen
auf einen neuen Körper, in dem sich nichts festsetzt,
in dem alles nur fällt
wie Schnee
oder eine Sternschnuppe,
eine riesengroße,
die nur für ihn fällt

Neue Füße, die sich in das Klassenzimmer trauen und
sogar bis ganz nach vorn an die Tafel
Neue Wangen, die nie rot werden

Neue Hände, in denen die Zettel nicht vor aller
Augen erzittern
Neue Zettel, die nicht rascheln, wenn einem die Hände
zittern

Ein neues Herz, das nicht pocht,
ein leichtes Herz
in einem neuen Körper,
der niemals zittert

Ein neues Herz, das sich immer traut

Eine Sternschnuppe

SPIEGELUNGEN

Sie verschließt die Augen vor seinem Spiegelbild.
Was man nicht sieht, das gibt es nicht. Was man nicht hört, gibt es auch nicht.

Sie öffnet die Augen und dreht sich zu einem Kleiderständer um. Erhascht einen Blick auf etwas Rotes, das ihr nie stehen würde.

Ella ruft ihr etwas wegen eines Lidschattens zu.
»Komm mal, der hier ist voll schick!«
Aber sie bleibt mit dem Rücken zu Ella stehen, denn das Make-up ist genau vor dem Schaufenster. Und draußen vor dem Fenster steht der, der sich so leicht nicht wegblinzeln lässt.
Und die Tür ist auch dort. Die schwere Glastür, die er so leicht aufstoßen könnte.

Sie ruft zurück, dass sie ein Kleid gefunden habe, das Ella bestimmt supergut stehen würde.
Aber Ella kommt nicht.
»Nee, guck dir das hier an!«, ruft sie. »Das sieht sicher voll gut an dir aus!«

Sie schielt zum Schaufenster. Ist er noch da? Sie dreht sich wieder zum Spiegel um. Macht die Augen zu. Was man nicht sieht, das gibt es nicht. Was man nicht hört, gibt es auch nicht.
Und an was man sich nicht erinnert, ist nie geschehen.

Aber sie erinnert sich. Erinnert sich, dass er sie gerufen hat. Im Parkhaus, wo Ellas Vater sie rausgelassen hatte. Und obwohl sie beschlossen hatte, sie nicht zu hören, war die Stimme doch da gewesen.

»Sara!«

»Sara, Sara!«

Ellas Vater war gerade weggefahren. Aber Ella hat gehört und gesehen. Und sich gewundert.
»Kennst du den?«
»Wen denn?«
Sie war weitergegangen. Raus aus dem widerhallenden Parkhaus, hinein in die hell erleuchtete Einkaufspassage. Weg von Ellas verwundertem Blick. Weg von ihm. Von ihm, den es früher einmal gegeben hatte, aber jetzt nicht mehr. Nicht mal mehr als Foto.

Ella war hinter ihr her gerannt, hatte sie am Arm festgehalten.
»Aber der hat doch nach dir gerufen!«
»Der Typ da?«, hatte sie geantwortet und gelacht. »Der hat bloß 'ne Schraube locker oder so.«
Ein Lachen, das im Parkhaus widerhallte.

Ella ruft noch mal nach ihr.
»Jetzt komm endlich!«
Das Mädchen dreht sich um. Von der Decke hängt ein großer Stern, der sich im Fenster spiegelt. Genau vor seinem Gesicht hängt er.
Er, der denselben Nachnamen trägt wie sie. Der dasselbe Lachen und dieselben grünen Augen hat wie sie und große Zehen, die sich genauso nach außen biegen wie ihre. Den es gibt, obwohl es nicht so sein sollte.

DER RUCKSACK

Er nimmt den Rucksack von der Fußmatte hoch. Er ist schwer. Zu schwer für ein Wochenende in Åre.

Sein Vater eilt zu ihm.

»Warte, ich helfe dir.«

Er setzt den Rucksack auf, noch ehe sein Vater bei ihm ist.

»Soll ich dich nicht doch zum Bus fahren?«

»Musst du nicht.«

Sein Vater streckt ihm ein Foto entgegen.
»Sieh mal, was ich gefunden habe.«
Sein Vater und er nebeneinander. Sein Vater ist der Weihnachtsmann und er ein Engel. Einer groß und rot, der andere klein und weiß. Der Vater hält den Jungen an der Hand. Eine große Hand um eine kleine.
»Wann war das nur? Kommt mir wie gestern vor.«
Sein Vater lächelt.

Er zieht seine Jacke zu.
»Muss los.«
»Klar, entschuldige«, erwidert sein Vater und schlingt die Arme um ihn. Um den Rucksack, der zu schwer ist für ein Wochenende in Åre.
»Den ganzen Rucksack voll mit Bier, was?«
Sein Vater klopft mit der Hand auf die Tasche.
»Komm schon«, antwortet der Junge und tritt einen Schritt zurück. »Wir wollen Skifahren.«
»Klar. Logisch.«
Sein Vater lächelt noch einmal.

Sein Vater macht einen Schritt auf ihn zu.
»Ruf an, wenn du da bist.«
»Na klar«, erwidert er und schaut hinab auf die Füße seines Vaters.
Die großen Füße, die am liebsten noch näher kommen würden. Aber da sind seine eigenen Füße und die stecken bereits in Schuhen.

»Dann bis Sonntag. Ruf an, wenn ich dich abholen soll.«
Sein Vater legt ihm die Hand auf die Schulter.
Aber es sind seine Augen, die er spüren kann. Die Augen des Vaters, die in seine Augen eindringen wollen, in ihn und in den Rucksack, der zu schwer ist für ein Wochenende mit den Jungs.
»Passt schon. Ich nehm den Bus.«

Er spürt den Rucksack, fühlt das Gewicht, das an den Riemen zieht. Der Laptop ist da drin. Das Handyladekabel, die Kopfhörer, die Zahnbürste, Socken, Unterhosen, ein paar Pullis, Jeans und all so was.
Aber es ist der Pass, der am schwersten wiegt. Der Pass und das Ticket. Das Ticket, das ihn hoch über die Wolken und weit weg übers Meer bringen wird.

Weg von den langen Armen. Weg von dem großen Herzen. Weg von den großen Füßen, die ständig in seinem Leben herumtrampeln.

Sein Vater schlingt noch mal die Arme um ihn. Um den ganzen Rucksack.
Aber nur das Herz kann er spüren. Das Herz des Vaters, das in ihn eindringen will. Das einsame Herz, das gleichzeitig groß und doch eng ist.

Er weicht zurück.
»Muss jetzt wirklich los.«
Der Rucksack stößt an die Tür.
»Klar, entschuldige.«
Die langen Arme haben losgelassen. Aber das Foto hat sein Vater immer noch in der Hand. Sein Papa und er nebeneinander. Ein Weihnachtsmann und ein Engel. Eine große Hand um eine kleine.

Er dreht sich um.
»Wir sehen uns!«
Er öffnet die Tür und macht einen Schritt in Richtung Treppe.
»Am Sonntag«, sagt sein Vater und klopft noch einmal mit der Hand auf den Rucksack.
Der Rucksack lastet auf seinen Schultern.
Aber es ist das Herz, das wirklich schwer ist.

Er geht los. Zum Bus, der ihn zu einem anderen Bus bringen wird, und dann wird er fliegen. In einem Flugzeug, das ihn in die Luft und über das Meer tragen wird.
Er dreht sich nicht um. Aber er weiß, dass sein Vater immer noch in der Tür steht, mit dem kleinen Jungen in der Hand.

STUMM

Sie zieht die Knie hoch zum Kinn.
Es ist dunkel im Treppenhaus. Sie könnte aufstehen und den Lichtschalter drücken. Sie könnte auch ihre Schlüssel aus der Jackentasche hervorkramen, aufsperren und reingehen.
Aber trotzdem sitzt sie bloß hier mit dem Rücken zur Tür.

Sie neigt das Kinn zu den Knien und streicht mit der Hand über ihre Springerstiefel. In dem einen ist eine Kerbe, an der ein Stück vom Leder raussteht. Sie zupft es weg und fährt im Dunkeln mit dem Finger über die Stelle. Jetzt ist ein kleines Loch entstanden, das bis zur Stahlkappe durchgeht und wo ihr Zeigefinger perfekt reinpasst. Papa wird bestimmt meckern.
Aber es sind schließlich ihre Stiefel.

In dem Moment flammt die Lampe im Treppenhaus auf und im Aufzugschacht rasselt es. Sie schaut auf zu dem kleinen Fenster in der Fahrstuhltür. Dahinter bewegen sich die Stahlseile. Jemand ist auf dem Weg nach oben. Ihre Schwester ist es nicht. Die sitzt garantiert mit Mia und Filiz in irgendeinem Café. Sie schlürfen eine Latte und quatschen. Worte, die hinauswollen und niemals versiegen.
Papa ist es auch nicht, der da mit dem Aufzug heraufkommt. Aber bald wird er anrufen.

Es wird hell im Fahrstuhlfenster und die Tür geht auf. Schwere Atemzüge und zwei Tüten mit Lebensmitteln begleiten die Person, die aussteigt.
»Ach, hallo, du sitzt hier«, sagt die alte Frau von nebenan und lächelt.
Sie könnte zurücklächeln und antworten: »Ja, hey, hier sitze ich!«
Aber sie bleibt einfach stumm.

Die Nachbarin steckt den Schlüssel ins Schloss, sperrt auf und betritt ihre Wohnung.
Das Mädchen starrt auf die geschlossene Tür. Sie hätte aufstehen und ihr mit den Einkaufstüten helfen sollen.
Oder auch nicht.

Es raschelt hinter der Tür. Aber dann wird das Geräusch leiser und verschwindet tiefer in der Wohnung.
Bestimmt in die Küche. Sie schließt die Augen und folgt der alten Frau in Gedanken.
»Setz dich, dann mache ich dir was Leckeres.«
Die Nachbarin schenkt Saft ein und öffnet die Dose mit den selbst gebackenen Weihnachtsplätzchen.
Spritzgebäck, Rosinenkekse und Heidesand.
Genau wie früher, denkt sie. Vor langer Zeit. Als sie noch blond und rotbackig war und eine ganz normale Mama hatte. Als die Worte noch rauswollten und niemals versiegten.

Aber nichts ist mehr wie früher.

Sie öffnet die Augen. Die Treppenhauslampe erlischt.

Sie betastet noch einmal mit den Fingern den Stiefel. Zupft noch etwas mehr Leder ab. Aus dem Loch wird ein blankes Stahlauge. Ein kaltes Sternenauge, das in die Dunkelheit starrt.
Sie legt den Daumen auf das Loch und das Auge verschwindet.

Ihre Finger betasten das Loch erneut. Der Stahl ist kalt. Der Fußboden unter ihrer Strumpfhose ist noch kälter. Die Tür im Rücken ist einfach nur. Die Schlüssel in der Jackentasche kratzen am Handy.
Sie sollte aufsperren und reingehen. Sie sollte anrufen. Aber bald wird er das ja sowieso tun.

Sie holt das Handy hervor und checkt die Uhrzeit. Bald. Wann auch immer. Papa, der sich fragt, wo zum Teufel sie ist. Er steht da mit dem Auto vor dem Haus und wartet, sollte sie abholen, wenn sie fertig ist.
Er wird wegen des Geldes schimpfen, es sich dann aber anders überlegen und sagen, er scheiße aufs Geld. Er wird sie ein bisschen zu fest umarmen und sagen, dass das Reden das Wichtigste ist. Dass man nicht nur sichtbar, sondern auch zu hören ist. Dass man Dinge rauslässt.
»Alle Worte aus sich rauslässt.«

Die Tür der alten Frau öffnet sich noch mal und Licht flutet hinaus ins Treppenhaus. Sie folgt der Nachbarin mit Blicken. Sie hat einen Müllbeutel in der Hand und Pantoffeln an den Füßen. Als die alte Frau sie erblickt, erschrickt sie, sagt aber nichts.
Sie stopft die Tüte in den Müllschlucker, geht zurück und schließt die Tür hinter sich.

Ja, hier sitze ich, denkt sie und starrt die geschlossene Tür an. Sie sollte nicht hier sein. Sie sollte in dem Sessel sitzen, gegenüber der Frau mit den zu freundlichen Augen und all den Fragen. Fragen, auf die sie nicht antworten wird.
Letztes Mal hatte sie auf ihre Strümpfe gestarrt und ihre Springerstiefel vermisst. Und das Mal davor hatte sie die hässlichen Hausschuhe ihres Gegenübers angeschaut, die im Takt mit der Wanduhr wippten.
Tick-tack, tick-tack.

Dieses Mal ist sie nicht einmal hingegangen. Und jetzt steht er da draußen vor der Tür und wartet auf sie. Ihr Papa, mit noch mehr Fragen. Mit Umarmungen und Seufzern und vielen, vielen Worten.
»Es ist nicht gut, immer nur zu schweigen«, wird er sagen und den Arm um sie legen.
Sie wird nicht antworten, bloß nicken. Denn ihre Worte gehören ihr allein und niemandem sonst.

In diesem Moment klingelt es in ihrer Tasche.
Sie geht ran und fährt mit dem Fingernagel über das Gehäuse des Handys, während sie ihrem Papa zuhört. Über die Stelle, an der die Schlüssel schon entlanggeschrammt haben.
»Ich weiß, tut mir leid … Nächstes Mal, versprochen«, sagt sie, obwohl sie das gar nicht will.
Sie kratzt mit dem Fingernagel und hört zu.
»Nächstes Mal, ich versprech's«, sagt sie noch mal. Obwohl es eigentlich ihre Worte sind. Ihre Worte ganz allein.

DIE REISE

Er zieht sich die Kapuze vom Kopf.
Es macht sowieso keinen Unterschied mehr. Nicht mal ein Regenschirm würde helfen. Die Jeans hängt schwer an seinen Beinen und der Regen kommt von der Seite.

Ein Auto fährt an ihm vorbei. Mit seinen großen Reifen voll durch eine Pfütze. Seine Jacke wird dreckig.
Aber daran ist er selbst schuld. Hierher kommt man nicht zu Fuß. Erst recht nicht, wenn es regnet.
Und hier fährt man auch nicht irgendein Auto. Schon gar nicht einen schrottigen roten Opel.

Er schaut dem Wagen hinterher. Dem glänzenden schwarzen Auto. Jetzt biegt es rechts in eine Einfahrt, zwei Häuser weiter von dem, zu dem er will.
Aber soll er wirklich dorthin? Er sollte besser die Kapuze wieder aufsetzen. Gegen den Regen. Gegen alles und wieder umkehren. Sich wieder in den Bus nach Hause setzen. Nach Hause in die leere Wohnung, zu dem Teller mit Weihnachtsessen, den seine Mutter ihm hingestellt hat, und dem Zettel am Kühlschrank mit der Durchwahl in ihre Abteilung.

FALLS etwas sein sollte.
WEIHNACHTSKUSS!
Mama ♡

An der Gartentür zögert er. Es ist schon fast dunkel, Zeit für die Bescherung. Vielleicht haben sie auch Gäste. Obwohl, morgen hauen sie nach Thailand ab, da scheißen sie wohl eher auf Weihnachten. Papa, sie und die Kinder. Die Kleinen gucken bestimmt fern, während die Großen packen. Zwei Wochen Thailand. Dafür muss man sicher eine Menge einpacken. Er sollte besser nicht stören.

Er zieht die Kapuze über den Kopf und wendet sich ab.

Aber jetzt ist er schon fast da, nur noch ein kleiner Weg trennt ihn von der Tür und der Klingel.
»Frohe Weihnachten und gute Reise«, könnte er sagen, wenn sie aufmachen. Nee, scheiß auf Weihnachten. »Gute Reise« reicht völlig. Und dann könnte er noch kurz ein paar Worte mit seinem Vater reden.
Obwohl sie all das nach Thailand machen wollten.
»Wir gehen demnächst mal irgendwo zusammen essen«, hatte sein Vater gesagt, als er vor ein paar Tagen angerufen hatte. »Nur du und ich.«
Das ist es, was sein Vater immer sagt, wenn er anruft. »Nur du und ich« und »irgendwo essen gehen«.
Niemals hier. Niemals hier in diesem riesigen Haus, zu dem man mit dem Auto rausfahren muss.

Aber er hat den Bus genommen und ist jetzt hier, also öffnet er die Gartentür und geht den kurzen Weg hinauf.
In einem der Riesenfenster hängt ein Riesenstern. In jedem Fenster steht irgendwas, das leuchtet. Um beide Balkongeländer schlängeln sich Lichterketten. Und in den Bäumen.
Nächstes Jahr stellen sie vermutlich noch einen Weihnachtsmann auf dem Dach auf, so einen, der blinkt.
Aber nee, blinkende Weihnachtsmänner sind nur was für Leute, die schrottige Opel fahren und über die Feiertage arbeiten müssen, obwohl sie Weihnachten lieben.

Er zögert, bevor er auf die Klingel drückt. Das liegt an dem Klingelschild. An den verschnörkelten Buchstaben auf der glänzenden Plakette: Bergenhjelm.
Papas Nachname. Und seiner.
Vor ein paar Sommern ist es auch ihrer geworden. Es war ein Megafest in einem Megagarten. Er war unmittelbar nach der Megatorte abgehauen.

Er kann sie durch das Wohnzimmerfenster sehen. Aber sie sieht ihn nicht. Es ist dunkel und im Fernsehen hat gerade ein Zeichentrickfilm angefangen. Man sieht die Hinterköpfe der Kinder über der Sofalehne vor dem Flachbildschirm.
Die Bergenhjelmkinder, die nie an der Haltestelle stehen und auf den Bus warten müssen. Die niemals einen roten Schrott-Opel fahren oder sich ihr Weihnachtsessen in der Mikrowelle selbst warm machen müssen.

Er klingelt und hofft, dass sein Vater aufmacht. Aber sie verlässt das Wohnzimmer und kurz darauf klackt es im Türschloss.
Sie lächelt, während sie öffnet, allerdings nur mit dem Mund.

»Hallo«, sagt sie.
Es kommt warm aus der Diele und es duftet nach Weihnachten. Sie macht einen Schritt zurück und hüllt sich in eine Strickjacke.
»Olle ist noch einkaufen.«
Sie dreht den Kopf, schaut hinüber zu den Kindern.
»Ich hab noch einiges zu tun. Aber willst du vielleicht reinkommen und auf ihn warten?«
Er spürt, wie ihm der Regen aus den Haaren tropft und an seinen Wangen hinabrinnt. Spürt die Nässe, die durch seine Jacke hereinkriecht, und durch beide Pullis.
»Nein, schon gut«, erwidert er. »Aber schöne Grüße. Gute Reise.«

Er geht den kleinen Weg hinunter. Die Beine seiner regenschweren Jeans schleifen über den Kies.
Er macht die Gartentür zu und checkt auf seinem Handy die Uhrzeit. Der Bus ist gerade abgefahren. Aber daran ist er selbst schuld. Hierher kommt man nicht zu Fuß.